Este diario pertenece a:

Nela Morgan

¡TOP SECRET!

 **Bruño**

¿Ya has leído mi primer e INCREÍBLE diario?

Annie Kelsey

El diario de Nela Morgan

b Bruño

La isla del Terror

¡Graaaaaaaaaaciaaaaaaaaaaaaas, Kate Cary!

Título original: *Pippa Morgan's Diary – Isle of Fright,*
publicado por primera vez en el Reino Unido
por Scholastic Children's Books,
un sello de Scholastic Ltd

Texto: © Hothouse Fiction Limited, 2015
Ilustraciones: © Kate Larsen, 2015

Traducción: © Roberto Vivero, 2016

© Grupo Editorial Bruño, S. L., 2016
Juan Ignacio Luca de Tena, 15
28027 Madrid

Dirección Editorial: Isabel Carril
Coordinación Editorial: Begoña Lozano
Edición: Cristina González
Preimpresión: Francisco González

ISBN: 978-84-696-0667-4
D. legal: M-24166-2016
Printed in Spain

www.brunolibros.es

Miércoles por la noche

¡Acabo de ver el MEJOR PROGRAMA DEL MUNDO!

Se llama *Lo más terrorífico* ¡y me gusta incluso más que *Los polis del cole!*

Pero todavía me encanta *Los polis del cole,* ¿eh? Es un programa de la tele sobre detectives de verdad. El inspector Nacho Machete es mi héroe.

¡Aunque *Lo más terrorífico* va sobre fantasmas! No el tipo de fantasmas de te-disfrazas-con-una-sábana-por-encima-en-Halloween, no; son...

¡FANTASMAS DE VERDAD!

Nacho Machete persigue criminales, ¡pero en *Lo más terrorífico* persiguen fantasmas!

Los fantasmas hacen cosas que molan mucho y que los criminales no pueden hacer, como por ejemplo:

1. Atravesar las paredes.

2. Ser invisibles.

3. Hacer ruidos fantasmagóricos.

4. Mover cosas sin tocarlas.

Seguro que a los criminales les gustaría ser fantasmas. Nacho Machete nunca los atraparía. ¡Porque los fantasmas tienen SUPERPODERES!

(Me pregunto por qué los fantasmas no roban bancos, o diamantes... Aunque a lo mejor sí que los roban, ¡pero no nos enteramos!).

En fin...

No me puedo creer que hasta ahora no hubiese visto *Lo más terrorífico*. Es una pasada. Mamá me dijo que podía dar miedo. Y sí que da miedo, pero a mí ME GUSTA que me asusten (siempre que no sea con una caída-escaleras-abajo o con un incendio-en-casa).

Pepi y Marcus presentan *Lo más terrorífico*.

Pepi es una presentadora normal y corriente de la tele, pero Marcus es un AUTÉNTICO cazafantasmas. Tiene poderes mentales ¡y puede decirte si hay un fantasma flotando por una habitación!

Se le pone la piel de gallina y se frota
los brazos, tiene escalofríos y mira por
encima de su hombro. Después le dice a Pepi
algo como: «Alguien está intentando
comunicarse conmigo», o «En esta habitación
ha habido mucha tristeza».

Y de repente se para, levanta un dedo
y pregunta: «¿Notas eso?». Entonces Pepi
se asusta horrores, empieza a mirar de reojo
a su alrededor (suelen estar en una casa
vieja porque ahí ha muerto más gente)
y contesta: «Siento frío».

Entonces Marcus dice que sí con la cabeza y añade con voz grave:

«Eso es *la presencia...*».

(Una *presencia* es un fantasma que se puede sentir, pero no ver. Creo que es como cuando sé que mamá está enfadada conmigo y tarde o temprano me va a regañar, pero dando más miedo todavía).

Marcus tiene un equipo especial para descubrir fantasmas: un rastreador de sonidos para grabar los ruidos que hacen y una cosa parecida a un móvil para captar su energía (la energía de los  fantasmas se parece a la electricidad, pero hace más cosquillas). Ah, y también tiene un aparato que detecta los cambios bruscos de temperatura.

Tres maneras de detectar una _presencia_

1. Empieza a hacer mucho frío.

2. Se oyen ruidos extraños (como gemidos o puertas que se cierran de repente).

3. Su energía hace que vibre tu detector de fantasmas.

En el programa de hoy, Marcus y Pepi no han visto ningún fantasma, pero él ha podido sentir claramente que había algo fantasmal en la habitación y su equipo ha detectado un montón de frío, ruido y energía de fantasmas.

(Lo único raro que ha notado Pepi
ha sido el frío, pero seguro que el equipo
para detectar fantasmas es mucho más
sensible que una presentadora de la tele).

EL CASO ES QUE...

¡He decidido ser una cazafantasmas,
como Marcus!

Y este es el mejor momento, porque
el viernes me voy de excursión
con mi clase a la isla del Valor.
¡Vamos a pasar el fin
de semana allí! ¡En un hotel!
Y visitaremos el castillo
del Pozo, que seguro
que está lleno
de fantasmas porque
es superantiguo. Solo
tengo que preparar un
equipo para detectarlos.

Lista de cosas para la excursión

- Mi ~~diario~~ cuaderno
  de cazafantasmas.

- Grabador de vídeo y sonido para detectar
  fantasmas (he cogido el móvil viejo
  de papá, que hace las dos cosas.
  Me dijo que solo lo usase para
  Cosas Importantes, pero cazar
  fantasmas lo es, así que estoy segura
  de que no le importará).

- Detector térmico
  (el termómetro del botiquín
  de casa).

- Detector de energía fantasmal:
  mi jersey de pelusa azul.

(Cuando me lo pongo, echa chispas
al rozarme el pelo,
así que seguro que
la energía de un
fantasma hará
que la pelusa azul
se ponga a chisporrotear
como loca).

• Pijama rosa con cerditos
   (nada que ver con los
   fantasmas, pero es
   mi favorito).

• Chuches (para el banquete
   de medianoche del sábado).

¡Cati me ha mandado un mensaje al móvil!

Ella también está muy emocionada. ¡Vamos a compartir habitación en el hotel! ¡Yujuuuu!

yo   Cati

Va a ser genial, porque Cati es mi Mejor Amiga. (Raquel también lo es, pero hace unos meses se mudó a Escocia y es muy difícil ser las Mejores Amigas cuando nos separan tantísimos kilómetros. Raquel y yo SIEMPRE seremos las Mejores Amigas, pero tener dos M.A. es genial. ¡Tengo MUCHA suerte!).

Me pregunto si nuestra habitación estará al lado

de la de las gemelas. Jessy y Jenny ya han estado en la isla del Valor, pero eran tan pequeñas que no se acuerdan de nada.

¡Voy a mandarles un mensaje para recordarles que lleven todas las chuches que puedan para el banquete de medianoche del sábado!

Hora de acostarse

Ya estoy acurrucada en la cama.
He terminado de preparar la mochila
para la excursión a la isla
del Valor. ¡Está tan llena como
un calcetín el día de Navidad!
Ya sé que no nos vamos hasta
el viernes, pero si dejo
preparada ya la mochila,
tendré tiempo para darme
cuenta de si se me ha olvidado
algo.

Mamá no me ha dejado coger el termómetro
del botiquín. Ha dicho que no voy a ponerme
enferma en la excursión, y que aunque
así fuera, seguro que los profes llevan
un botiquín con un termómetro.

YO: Pero necesito llevármelo para buscar fantasmas.

MAMÁ: ¿Piensas buscar fantasmas enfermos?

YO: ¡No! Es para comprobar la temperatura del aire.

MAMÁ: No con nuestro termómetro. Puedes perderlo.

YO: No lo perderé. ¡De verdad!

MAMÁ: Dijiste lo mismo cuando te llevaste la caja de tiritas al colegio.

Vale. Mamá tenía razón. Perdí las tiritas. Pero mereció la pena.

En el recreo, Cati y yo queríamos jugar
a *Pequemédicos,* la serie de la tele.
Pero no encontramos a nadie que quisiese
ser nuestro paciente.

Corrimos a ayudar cuando Jaime se cayó,
pero él se empeñó en que la tirita
en la rodilla se la pusiera la monitora
del patio y no nosotras.

Después nos ofrecimos para operar
a Jessy y a Jenny, pero ellas no quisieron
tumbarse en el suelo para que Cati y yo
intercambiásemos sus riñones. Intentamos
operarlas de todas formas, aunque es muy
difícil cuando tus pacientes están saltando
a la comba.

Bueno, da igual.

Mamá me ha dicho que no podía coger
el termómetro. Así que, después
de merendar, he probado
a meter y sacar la mano
de la nevera para ver
qué se siente cuando
la temperatura baja
de repente.

Pero mamá me ha dicho que parase
porque, si seguía abriendo y cerrando la
puerta de la nevera, se iba a fundir la luz
de dentro.

YO: Es que es un experimento importante,
mamá. Necesito saber qué se siente cuando
hay un fantasma en la habitación.

MAMÁ: Los fantasmas no existen.

YO: ¿Cómo lo sabes?

MAMÁ: Porque nunca en la vida he visto
ni uno.

YO: Pero tú crees en Papá Noel
y nunca lo has visto.
(Sabía que mamá tenía
que decir que sí porque
en Nochebuena siempre
me obliga a dejar una
copita y CUATRO
galletas de chocolate
para Papá Noel).

MAMÁ: Supongo que sí.

YO: Entonces, si Papá Noel existe,
¿por qué no pueden existir los fantasmas?

MAMÁ: Los fantasmas no son lo mismo
que Papá Noel.

YO: No son exactamente lo mismo porque
Papá Noel no da miedo. Pero los dos son
paranormales... *(Marcus dice «paranormal»*
todo el rato. Creo que significa «lo contrario
de lo normal», como los gatos que ladran
o la lluvia que cae hacia arriba).

No estoy muy segura de que Papá Noel
sea paranormal.

Pero ha dado lo mismo porque mamá
ha cambiado de tema y ha dicho que era
hora de acostarme, que es prácticamente
lo mismo que decir:
«Tienes toda la razón, Nela. Los fantasmas
existen seguro».

Voy a apagar ya la lámpara de la mesilla,
aunque estoy demasiado nerviosa para dormir.

Casi no me lo puedo creer... ¡Dentro de nada
pienso encontrar un fantasma en la isla
del Valor! Y cuando mamá vea la
prueba, ¡TENDRÁ QUE CREERME!

Jueves por la mañana (recreo)

¡FALTA UN DÍA PARA LA EXCURSIÓN!

Llueve tanto que el patio se está convirtiendo en un lago.

¿Y si se inunda toooodo el colegio?

¡Sería muy emocionante!

Podríamos darles la vuelta a las mesas para convertirlas en balsas y escapar remando.

Yo podría ser una rescatadora... ¡y salvar a los de tercero dejándoles subirse a mi mesa-balsa!

En el recreo nos hemos quedado en clase por culpa de la lluvia.

El señor Beicon, nuestro profesor, está en su mesa corrigiendo los deberes de *mates*.

Espero que no sea mi cuaderno el que está revisando ahora, porque ha puesto la misma cara de decepción de cuando Jaime no se acuerda de la tabla del nueve.

Ahora, Jaime está sentado, algo rarísimo. Normalmente, nunca está quieto en su sitio.

Al profe le cuesta horrores mantenerlo callado y atento en clase.

¡Verlo tranquilamente en su mesa es toda una novedad!

Toni y Manel han traído sus cartas de La Búsqueda del Dragón y le están enseñando a jugar.

Mandi está jugando a los barquitos con Sofía, la chica nueva. Bueno, Mandi juega a los barquitos y Sofía solo está mirando. Cada vez que Mandi dice algo como «B-4», Sofía simplemente baja la cabeza.

Sofía del Geranio Noble es supertímida. (¿A que tiene un nombre genial? A mí ME ENCANTARÍA llamarme Nela del Geranio Noble, e insistiría en que todos me llamasen siempre así). Pero a Sofía parece que le da igual tener un nombre tan fantástico. Casi siempre tiene la mirada fija en sus pies. Lleva en el colegio solo desde el lunes (creo que viene de otra ciudad). Y nunca sonríe.

A lo mejor todos los de su ciudad son así. 😐

O puede que Sofía sea una duquesa, o una princesa. (Eso explicaría lo de su nombre tan guay). Quizá antes iba a un colegio con sillas de terciopelo y alfombras supermullidas, y escribían con plumas de pájaro, como la gente de hace siglos.

Si todo eso fuese verdad, nuestro colegio tiene que parecerle muy raro. Además, aquí hay chicos. (A veces pienso que me gustaría ir a un cole solo de chicas. Seguro que así podría cruzar el patio sin que nadie me atizase un balonazo en la cabeza. Cuesta un poco acostumbrarte,

¿sabes?). A lo mejor Sofía está así de triste porque antes iba a un cole de chicas. 😟

Cati, las gemelas y yo intentamos jugar
con ella en los recreos.

Sabemos dónde están los sitios tranquilos,
sin balones de fútbol.

Pero Sofía siempre se queda junto
a la puerta de clase, y cuando le decimos
que se venga con nosotras, solo se mira
los pies y se pone colorada.

Cuando le he preguntado si iba a venirse
el viernes a la isla del Valor, ha encogido
los hombros y ha contestado: «Supongo».

No parecía muy emocionada.

¿Cómo es posible?

¡YO ESTOY EMOCIONADÍSIMA!

Cati está sentada a mi lado,
jugando a La Torre con Jessy y
Jenny. Me han pedido que juegue
con ellas, pero yo tengo otros planes.

Si quiero convertirme en una experta
cazafantasmas para el fin de semana, debo
hacer algunas investigaciones... Le preguntaré
al profe si puedo ir a la biblioteca para
buscar información sobre los fantasmas.

Además de eso, a lo mejor encuentro
un libro sobre cómo hacer feliz a la gente.
Si lo consigo, pienso leerlo entero para ver
si hay alguna manera de alegrar a Sofía.

Le he preguntado al profe si podía ir a la
biblioteca y me ha dicho que sí, así que he
ido corriendo y me he lanzado a la sección
de ciencias, pero ahí no había ningún libro
sobre fantasmas.

Aunque sí he encontrado uno que puede servirme en la sección de historia.

Se titula *Mitos y leyendas*.

No estoy segura de que hable sobre la caza de fantasmas, pero al hojearlo he visto un montón de fotos de casas en ruinas, y sus capítulos se titulan «Los jinetes ahorcados», «El cadáver decapitado» y cosas así.

En el último capítulo hay una foto de una mujer fantasma guapísima, y he leído su historia.

Hace cientos de años, un malvado barón intentó obligar a una bella joven a que se casase con él. Pero resulta que ella no quería, claro, así que se encerró en una torre y allí SE MURIÓ de hambre.

(Yo nunca podría hacer eso. Me gusta demasiado la *pizza*).

Después, ya convertida en fantasma, hechizó el castillo del malvado barón hasta que él prometió convertirse en un barón bueno que nunca más obligaría a nadie a casarse con él.

Entonces la bella fantasma se despidió del barón bueno con un beso fantasmal y nunca más volvieron a verla.

¿Y si un malvado barón está intentando obligar a Sofía a casarse con él? Eso explicaría por qué ella parece tan triste...

Pero no. No puede ser eso.

Sofía es demasiado joven para casarse...

¡Aunque a lo mejor vive en una casa encantada!

Después de todo, si es una duquesa o una princesa,  seguramente vive en un castillo, y según Marcus, el presentador de *Lo más terrorífico*, los castillos CASI SIEMPRE están encantados.

O a lo mejor Sofía tiene un secreto tremendo..., como un dedo de más en cada pie (tengo que acordarme de comprobarlo cuando nos cambiemos de ropa en gimnasia).

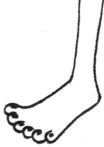

O quizá sea huérfana, o tiene una madrastra malísima que la obliga a dormir en el sótano, o es vegetariana...

¡Imagínate que nunca te dejasen comer *nuggets* de pollo! A mí, eso me pondría supertriste, desde luego. ☹

He decidido que TENGO que alegrar a Sofía como sea.

DECLARACIÓN OFICIAL

Yo, Nela Morgan, declaro que desde este momento será mi DEBER conseguir que Sofía sea feliz por siempre jamás.

Firmado:

Nela Morgan

Así que, mientras estaba hojeando el libro de los mitos y las leyendas, le he preguntado a la bibliotecaria del cole qué otro tipo de libros hacen feliz a la gente.

Ella ha fruncido las cejas,
superconcentrada, se ha quedado callada
lo menos un minuto y luego ha dicho:
«¿Qué te parece un libro de chistes?».

A mí me ha parecido una idea genial.
La he seguido hasta la sección de libros
de humor y hemos encontrado uno titulado
Los chistes más graciosos del mundo.

Lo he pedido prestado y me lo he
escondido debajo del jersey para que Sofía
no lo viese cuando he vuelto a clase.

Voy a pasar todo lo que queda de recreo
aprendiéndome tantos chistes como
pueda.

Y después se los contaré a Sofía en clase
de gimnasia.

Antes de que termine el día, conseguiré
que se ría, ¡estoy segura!

Jueves por la noche

(Los manchurrones de zumo
en este ~~diario~~ cuaderno
de cazafantasmas son porque
he tenido un accidente mientras merendaba
en la cocina. Mamá está preparando la cena:
maíz dulce salteado con verduritas. La sartén
está tan caliente que esto empieza a llenarse
de humo... y no sería la primera vez
que salta la alarma antiincendios.
Las verduras brincan sobre el fuego
como conejitos en una cama elástica.
¿Y quién iba
a decir que
el maíz podía botar
tan alto? ¡Será mejor
ponerse a
cubierto!).

COMO IBA DICIENDO...

Mi plan para hacer sonreír a Sofía empezó bien. Me había aprendido QUINCE chistes en el recreo y me las arreglé para acercarme a ella en gimnasia.

La señora Alen, la profe de educación física, puso a Sofía de portera, así que hice todo lo posible para meter un gol y así colocarme a su lado. Toni marcó antes que yo, pero yo metí otro gol enseguida. Así que me puse lo más cerca que pude de Sofía.

Ella miraba el balón, preparada para atraparlo si venía en su dirección.

¡Tenía la cara muy seria! Así que probé con mi chiste más gracioso. 😁

YO: (Susurrando). ¡Sofía! ¿Qué le dice una sirena a otra?

SOFÍA: *(Mirando el balón).* ¿Qué?

YO: ¿Qué le dice una sirena a otra?

SOFÍA: *(Girándose hacia mí y mirándome muy sorprendida).* ¿Qué clase de pregunta es esa?

Por desgracia, mientras
Sofía me miraba,
un balón vino hacia
ella y le acertó
en toda la cabeza.

Buffff... 😖

Después de eso pensé que Sofía no estaría para muchos chistes, así que decidí dejar el siguiente para la clase de *mates*.

Por cierto: mientras nos cambiábamos de ropa después de gimnasia, me inventé algo para pasar por delante de Sofía mientras se quitaba los calcetines. Y no, no tiene un dedo de más en cada pie, así que no es por *eso* por lo que está triste.

Fui hasta donde estaba Cati, al otro lado del vestuario, y le susurré: «Ningún dedo de más». (Ya le había contado todas mis teorías sobre por qué Sofía parecía tan triste).

Cati miró a Sofía.

—A lo mejor *no puede* sonreír.

—*Todo el mundo* puede sonreír, Cati. —le respondí.

—Pues a ella parece que se le ha olvidado —suspiró mi amiga.

—Eso no durará mucho —le aseguré yo.

(¡Nela Morgan nunca se da por vencida!).

Mientras el señor Beicon nos enseñaba a hacer una división larguísima en la clase siguiente, le pasé a Sofía una nota que decía: *¡Niii-nooo, niii-noo!* (Seguro que se moría de ganas por saber el final del chiste de las sirenas).

Sofía la leyó y se me quedó mirando sin entender, así que rápidamente le escribí otra nota para recordarle el chiste:

¿Qué le dice una sirena a otra?

Pero ella siguió mirándome como si no entendiese nada.

A lo mejor los chistes de sirenas no funcionaban con ella.

Así que lo intenté con otro.

Escribí: *¿Qué hace una abeja en un gimnasio?* Le pasé la nota a Sofía, la leyó y después escribí la respuesta y también se la pasé.

Y ahí empezó el problema.

El señor Beicon vio la nota y me miró fijamente. Parecía enfadado.

—¡Nela! ¿Por qué Sofía y tú os estáis pasando notitas?

—Sofía no —contesté rápidamente—. Solo yo.

¿Cómo iba a explicarle que estaba intentando que Sofía sonriese?

Se suponía que solo Cati conocía mi misión secreta...

Pero el señor Beicon seguía muy serio. (Creo que las divisiones largas le ponen de mal humor, lo que no me sorprende, porque son horribles).

—¡Sofía! —ella se puso coloradísima cuando el profe dijo su nombre—. Lee en voz alta la nota de Nela para que todos oigamos lo que dice.

Con voz temblorosa, Sofía leyó en voz alta:

—*Zumba.*

El señor Beicon parecía confuso, así que se lo expliqué:

—Es un chiste.

—Con muy poca gracia —refunfuñó el señor Beicon.

Aunque se equivocaba.

—¡Es gracioso si te cuentan la primera parte! —cogí la otra nota de la mesa de Sofía, pero el profe me interrumpió antes de que pudiese empezar a leerla.

—Por favor, deja de molestar a Sofía con tus chistes y concéntrate en las matemáticas.

Y tiró mis notitas a la papelera.

Me sentí fatal.

Yo no tenía intención de *molestar* a Sofía. Pero la había avergonzado... ¡Y ahora ya no podría contarle más chistes!

Después de la clase de *mates,*
el señor Beicon nos repartió las listas
con todo lo que íbamos a hacer en la isla
del Valor.

—El viernes por la tarde visitaremos
un parque natural de flora y fauna —dijo
mientras me daba mi lista.

A continuación le dio la suya
a Jessy.

—El sábado iremos al castillo
del Pozo.

Entonces Jessy se puso de pie
de un salto.

Mientras veía cómo Jessy
vomitaba, pensé dos cosas
al mismo tiempo:

1. ¡Pobre Jessy!

2. ¿Habrá sido un aviso
fantasmal?

Podría ser una advertencia del más allá...
Si no, ¿por qué las palabras «castillo del
Pozo» harían que alguien vomitase?

El señor Beicon mandó a Jessy a la
enfermería para que la cuidaran y llamasen
a sus padres. 😫
Y mientras el profe se limpiaba el vómito
que le había salpicado los zapatos, Jenny
nos contó que Jessy ya se encontraba mal
por la mañana, pero que había insistido
en ir al cole para no perderse nada sobre
los preparativos de nuestra excursión.
La pobre Jessy estaba muy pálida al salir
de clase.
¡Mañana *tiene* que encontrarse mejor!
¡No puede perderse el viaje!
Eso sería peor que vomitarle al profe
en los zapatos.

Esta es la lista de los sitios que vamos
a visitar:

1. El parque natural de flora y fauna

Me pregunto si también habrá fantasmas
de animales... Si los hay, ¡podría detectar
cientos! ¡Imagínate un elefante fantasma!
¡O un tigre fantasma!

2. El castillo del Pozo

Sí, ¡un castillo de verdad! ¡Uauuuuuu,
uauuuuuu! 😊

El señor Beicon dice que un antiguo rey
estuvo allí prisionero antes de que
sus adversarios le cortasen la cabeza.
(Hace siglos, las cosas debían de ser muy
difíciles... Por menos de nada, ¡te cortaban
la cabeza!).

BUENO, A LO QUE IBA...

Según Marcus, de *Lo más terrorífico*,
los fantasmas aparecen sobre todo
en lugares donde ha habido violencia
o tristeza. Supongo que estar prisionero
tiene que ser muy triste, especialmente
si van a cortarte la cabeza.

Estoy segura de que el fantasma del rey visita *un montón* ese castillo...

3. Cine en 4D: la experiencia definitiva

Un cine en 4D es demasiado nuevo para estar hechizado, así que ahí no podré cazar fantasmas. Seguro que pasarán siglos antes de que alguien se ahogue con las palomitas o se muera de miedo viendo una peli en 4D.

Parece que sale menos humo de la cocina, así que mamá debe de haber terminado ya de cocinar. ¡A cenarrrr!

FANTASMAS DETECTADOS: 0
(POSIBILIDAD DE FANTASMAS: 1)
MEDIDOR DE SONRISAS: ☹

Viernes, 7 de la mañana

Llevo puestos los vaqueros y mi sudadera de Luna Superpop (mi cantante favorita) desde hace más o menos una hora. Estoy esperando a que papá venga a buscarme. Él me llevará al cole para coger el autocar, que sale a las 8 en punto.

En camisón, con el pelo revuelto y sin maquillaje tan temprano, mamá se parece un poco a un fantasma. Cuando iba a comerme una tostada, se le ha caído el paquete de café. ¡Molaba cómo sonaban los granos de café al pisarlos!

Mamá me ha dicho
que mejor subiese a
comerme la tostada
a mi cuarto mientras ella recogía aquel
desastre del suelo.

Le he mandado cuatro mensajes a papá
para asegurarme de que no se queda
dormido.

Su piso está solo a un kilómetro de aquí,
así que no se tarda nada en venir, pero
a él le gusta dormir hasta tarde... ¡sobre
todo los sábados! Yo creo que no se da
cuenta de que el sábado es el mejor día
de la semana. ¿Quién quiere dormir
toooodo el sábado? Siempre me aseguro
de despertarlo muy temprano para
que no se pierda nada de ese día.

¡Y espero que hoy no se quede dormido!

¡Me vibra el móvil! ¡Bieeeeeen! Tiene que ser él.

¡SÍÍÍÍ! Está despierto. Pero sus palabras todavía están medio dormidas:

DEPIETO. D CMINO. LLEG N 15 MIN.

Necesita usar más el corrector de texto.

Estoy de los nervios. Quedarme sentada es imposible. He revisado la mochila cuatro veces. Me he acordado de las chuches para el banquete nocturno de mañana, y también de mi equipo de cazafantasmas. Es la primera vez que pasaremos dos noches fuera en una excursión del cole. ¡Vamos a divertirnos UN MONTÓN! Y voy a encontrar un fantasma,

 lo sé. No puedo seguir escribiendo. Demasiado nerviosa. Me asomaré a la ventana, a ver si llega papá...

En el autocar

¡DESASTRE! ¡¡¡¡Jessy <u>todavía</u> está mala
y NO PUEDE VENIR A LA EXCURSIÓN!!!!
   Jenny nos ha mandado un mensaje a Cati
y a mí esta mañana temprano.

No me lo puedo creer. Pobre Jessy... ¡Tiene
que ser lo peor que le ha pasado nunca!
(Sin contar lo de vomitarle
en los zapatos al profe).

Cati, Jenny y yo le hemos prometido hacer
montones de fotos para enseñárselas
cuando volvamos. Podríamos prepararle
una presentación con mapas, diagramas
y todo eso, como si fuésemos científicas,
para que no se sienta tan mal por haberse
perdido la excursión.

Hemos subido las primeras al autocar y les hemos hecho una foto a nuestros asientos para que Jessy pueda verlos. Me he sentado al lado de Cati (y nos hemos hecho otra foto), pero el señor Beicon ha venido

a decirme en voz bajita, como si fuese
un secreto:

—¿Te importaría sentarte con Sofía?
Creo que le vendría bien hacer una nueva
amiga. Quiero que esté a gusto entre
nosotros, y si alguien puede conseguir
que se sienta bien acogida, esa eres tú,
Nela.

¡Eso ha sido SUPERBONITO!

¡Y significaba que por fin iba a hablar
un rato con ella! Podía poner en marcha
mi plan «Haz Sonreír a Sofía».

¿Debería usar los otros chistes que
me he aprendido?

He decidido que NO.

La última vez que lo intenté, no funcionó
demasiado bien.

(¡Oh, no! ¿Y si le he quitado el gusto
por los chistes PARA SIEMPRE a Sofía?).

Cati se ha cambiado al asiento detrás de mí,
al lado de Jenny, lo que ha estado genial,
porque Jenny se sentía sola sin Jessy.
Creo que está preocupada porque Jessy
no está con ella. Y es que las gemelas
Jenny y Jessy lo hacen casi todo juntas.
Lo único que *no* hacen juntas es:

1. Yudo.

2. Clarinete.

3. Trabajos de clase. (El señor Beicon les pone
    compañeros de grupo diferentes).

4. Comer zanahorias.
    (Jessy las odia y a Jenny
    le encantan. Los días que llevan
    la misma ropa, la única manera

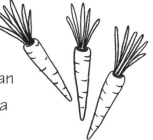

de distinguirlas es decir «¡zanahorias!»
y ver quién sonríe y quién pone cara
de asco).

He dejado vacío el asiento a mi lado mientras
el resto de la clase ha ido subiendo
al autocar. Y entonces he visto a Sofía.
   Se ha subido la última y parecía
más triste que nunca, así que le he hecho
una señal con la mano para que se sentase
conmigo. Ella ha encogido los hombros
y se ha apretujado a mi lado, abrazada
a su mochila.

Y todavía sigue abrazándola...
   He intentado hablar con ella sobre
la excursión. Le he preguntado si estaba
emocionada y ha contestado que no.
Le he preguntado si estaba deseando

ir al castillo del Pozo y ha contestado que no. Así que le he dicho que TENÍA que estar emocionada con lo del cine en 4D..., y ha contestado que no.

Entonces he decidido preguntarle otras cosas que no tenían nada que ver con el viaje.

<u>Cosas a las que Sofía también ha contestado que no:</u>

- ¿Tienes *hobbies?*

- ¿Tienes hermanos o hermanas?

- ¿Tienes un programa favorito de la tele?

- ¿Te gusta la *pizza?*

¡NO LE GUSTA LA *PIZZA!*
Ni me he atrevido a preguntarle
por los *nuggets* de pollo... Si llega
a decir que no a los *nuggets*
de pollo, me da algo.

Total, que he dejado de hacerle preguntas
y le he hablado de mi pijama rosa con
dibujos de cerditos, pero lo único que ha
hecho ha sido seguir mirando fijamente el
respaldo del asiento delantero. ¡Pobre Sofía!
Está haciendo el viaje más emocionante del
mundo y sigue triste.

He preferido dejarla un rato en paz para
poder escribir en mi diario. ¡A lo mejor así
se me ocurre un plan nuevo para que sonría!

Todos los demás están emocionadísimos.
Al final del autocar, Jaime y Toni juegan a
lanzarse la mochila de Manel, y Mandi está

hablando a mil por hora con la señora Alen
mientras el resto charlan unos con otros.
Todos sonríen menos Sofía. 🙁

¡Bien! El señor Beicon acaba de
decirnos que podemos comer
algo. ¡A lo mejor eso
la alegra un poco!

Pues no. La comida
tampoco alegra a Sofía.
Le he ofrecido patatas fritas. (¡La comida de
viaje MOLA! Me encantaría que me pusieran
sándwiches y patatas fritas *todos* los días).
Pero Sofía ha dicho que no. Por lo visto,
no le gustan las patatas fritas. ¡Madre mía!
¡Eso tiene que ser HORRIBLE!
¿Y con qué se come el pescado?
¡Sin patatas fritas es casi imposible!

(Papá a veces me deja
echarle kétchup, pero
con patatas fritas sabe
muchísimo mejor).

A la pobre Cati le han puesto *sushi*
en la fiambrera.

Cuando me he asomado por encima
de mi asiento y he visto cómo la abría,
casi me muero de la impresión.

Dentro había bolas de arroz, rollos
de pescado con pepino por encima
y cosas así.

Le he ofrecido uno de mis sándwiches,
pero me ha dicho que a ella *le gusta* el *sushi*.

Eso es porque no ha probado los *nuggets* de pollo.

A lo mejor si probase una de las *pizzas* sonrientes que prepara papá (con salchichón para la nariz y los ojos, queso para el pelo, el bigote y la barba, maíz para las pecas, rodajas de tomate para la boca...), se daría cuenta de que hay cosas MUCHO más ricas que el *sushi*.

También le he echado un vistazo al desayuno de Sofía:

Tres triángulos de queso.

 Una bolsa de ganchitos con sabor a queso.

Cuatro galletas de queso.

Un trozo de queso.

A lo mejor por eso está tan triste.

A mí me gusta el queso, pero si tuviese que comerlo a todas horas, creo que acabaría odiándolo.

Entonces me he imaginado a toda su familia comiendo queso.

LA MADRE DE SOFÍA: ¡A la mesa!

SOFÍA: ¿Qué vamos a comer?

EL PADRE DE SOFÍA: Macarrones con queso.

SOFÍA: ¿Puedo echarles más queso a los míos?

LA MADRE DE SOFÍA: ¡Claro! ¡Y no olvides
que de postre hay tarta de queso!

A lo mejor Sofía *odia* el queso, pero sus
padres la obligan a comerlo TODO EL RATO.
Como cuando mamá decidió que deberíamos
comer más nabos. Le echaba nabos a todo:
al filete, a los espaguetis, a la tortilla...
Incluso preparaba puré de nabos en vez
de puré de patata.
   FUE HORRIBLE. ¡Pensé que me iba
a convertir en un nabo!
   Por suerte, después de una
semana nos aburrimos
de los nabos y volvimos
a la comida normal. Pero
la Era de los Nabos se me
quedó grabada para siempre.
Todavía me da asquito cuando

veo nabos en el súper. Creo que puedo tener
nabofobia. 😌

Le he preguntado a Sofía si le gustan
los nabos y ha contestado que no.
   Después me ha mirado extrañada por el
rabillo del ojo. Seguro que le ha parecido
una pregunta rara, porque ella no sabía
que yo estaba pensando en nabos.
   (Imagina lo fáciles que serían
las conversaciones si supieses lo que
está pensando la otra persona. ¡Leer el
pensamiento tiene que ser genial!
Aunque, ahora que lo pienso…, ¡leer el
pensamiento también puede ser TERRIBLE!
Ya tengo bastantes problemas escuchando
todo lo que pienso yo misma, como para
oír también lo de los demás. ¡Lo mismo
me explotaba la cabeza!

Aunque sí me gustaría leer la mente de los gatos. Siempre me he preguntado en qué piensan... 🐱

... Y los perros. Y las nutrias. Seguro que ellas son las que tienen los pensamientos más chulos.

Como por ejemplo: «¿Y si me pongo a flotar de espaldas para que se me seque la barriga?», o «¡Uauu! Este pez sabe mejor de lo que había imaginado»).

Así que les he preguntado a Cati y a Jenny si les gustaban los nabos, solo para que pareciese una pregunta normal.

A ellas tampoco les gustan. (Tengo que acordarme de decirle a mamá que los nabos no le gustan A NADIE, por si vuelve a darle por ahí).

El autocar avanza por la autopista, y mientras escribo en mi diario, Cati y Jenny están haciendo pulseras de la amistad y Sofía está jugando con su móvil.

¡NOTICIAS TRISTES!

Estoy un poco *plof* porque el señor Beicon acaba de decirnos con quién compartiremos habitación. A mí me toca con Sofía, y a Cati con Jenny. 😖

Yo tenía MUCHAS ganas de estar con Cati.

Aunque también tendré un montón de tiempo para hacer sonreír a Sofía. Cuando vea mi pijama rosa con cerditos, TENDRÁ que sonreír. ¡Es una monada!

El profe nos ha dicho que nuestra habitación estará justo al lado de la de Cati y Jenny, y eso mola.

Podemos inventarnos un código secreto y enviarnos mensajes en clave dando golpecitos en la pared, ¡igual que los espías!

El código secreto de Nela

1 golpe = hola

2 golpes = ¿estás despierta?

3 golpes = sí

Bueno, lo del código es más difícil de lo que imaginaba.

Cati y yo normalmente tenemos mucho más que decirnos que «hola», «¿estás despierta?» y «sí».

¡Ya sé!

Papá me enseñó un código secreto hace mucho tiempo.

Su abuelo lo usaba cuando lo hicieron prisionero en una guerra del siglo pasado, creo.

Estuvo encerrado en una especie de gran cabaña con otro montón de presos, y por la noche no les dejaban hablar, así que para enviarse mensajes daban golpecitos en los barrotes de las literas, o en las paredes si estaban en habitaciones diferentes.

El código del bisabuelo Morgan

Número de golpes	1	2	3	4	5
1	A	B	C	D	E
2	F	G	H	I	J
3	K	L	M	N	O
4	P	Q	R	S	T
5	U	V	W	X	Y

Para encontrar la letra correcta, se lee primero en horizontal y después en vertical. Así, cuatro golpes seguidos de tres golpes es 4 hacia la derecha y 3 hacia abajo, y eso equivale a una N.

Mi nombre es 4+3, 5+1, 2+3, 1+1.

En este cuadro no hay sitio para la Ñ ni para la Z, pero la Z puede compartir espacio con la Y, y la Ñ con la N.

Solo hay que recordar esto:

yapato = zapato
yumo = zumo
nu = ñu
nono = ñoño

¡Voy a hacer copias del código para Cati, Jenny y Sofía AHORA MISMO!

A Cati y a Jenny les ha parecido una idea fantástica, y ya han empezado a dar golpecitos en sus fiambreras para practicar.

Yo esperaba que el código del bisabuelo animase a Sofía, pero ella solo me ha dado las gracias cuando le he dado su copia, le ha echado un vistazo rápido y después ha seguido mirando por la ventanilla.

A lo mejor piensa que el código es demasiado difícil... Se lo explicaré mejor luego, cuando bajemos del autocar.

En cuanto vea lo fácil que es, le va a encantar. Incluso podría sonreír...

¡Eso sería perfecto!

Sobre todo si justo después encuentro un fantasma.

FANTASMAS DETECTADOS: 0
MEDIDOR DE SONRISAS: 😟

Más tarde

¡El hotel es una pasada! Nuestra habitación
tiene un techo altísimo, enormes ventanas
antiguas y su propio baño. Este edificio
tiene que estar encantado... ¡Es muy viejo!,
y hay cientos de pasillos y escaleras
por todas partes.

   Si yo fuese un fantasma, me gustaría
pasearme por un sitio como este.
Cuando no estuviese flotando por los pasillos
para asustar a los huéspedes, atravesaría
las paredes, saltaría en las camas
sin arrugar las sábanas... ¡Flipante!, ¿eh?

Tengo que escribir esto a toda velocidad.
Estamos dejando nuestras bolsas en las
habitaciones antes de ir a comer y salir
hacia el parque natural de flora y fauna.

Sofía y yo tenemos literas, y cuando
le he preguntado si quería dormir
en la de arriba, ha dicho: «Me da igual».

¡Genial! Pues me quedo
con la litera de arriba.
Nunca había dormido
en una. ¡Va a ser
como acostarme en la
cima del mundo!

Ya he subido por la escalerita lo menos
seis veces.

Cati ha venido a ver nuestra habitación.
Jenny y ella están en la de al lado,
y ellas tienen dos camas normales,
no literas. Le he dicho a Cati que se pida
la cama junto a la pared para usar
nuestro código secreto cuando los demás
estén dormidos.

¿Te imaginas que nos estamos enviando mensajes secretos y un fantasma empieza a dar golpes en la pared? Podría contarnos cómo es eso de estar muerto...

¿Los fantasmas comen y beben? ¿Pueden verse entre ellos? Hay un montón de cosas que me gustaría preguntarle a un fantasma:

¿Puedes volar?

¿Qué se siente al atravesar las paredes?

¿Qué piensas de los coches, los móviles, la tele y los ordenadores?

¿Puedes hablar, o solo hacer ruidos para asustar?

¿Puedes ir a cualquier parte del mundo? (¡Imagínate flotando hasta la India o Japón! O a lo mejor no flotan exactamente. Quizá solo *imaginan* adónde quieren ir y entonces ya aparecen allí. O se quedan siempre en el lugar donde murieron...).

La señora Alen nos está llamando.

(Ella está en la habitación al final de nuestro pasillo, y los chicos en la planta de abajo, con el señor Beicon).

Tengo que irme a comer.

Me pregunto si la comida de hotel será tan rica como la de los concursos de cocina de la tele... ¡Qué emoción!

FANTASMAS DETECTADOS: 0
MEDIDOR DE SONRISAS: ☹

Después de cenar

La comida del hotel no se parece nada
a la de los concursos de cocina de la tele.
Para comer nos han puesto una aburrida
sopa de tomate, y para cenar, lasaña
con zanahoria. Se parecía bastante
a la comida del cole. (Le he hecho fotos
para enseñárselas a Jessy y que no esté
tan triste por haberse perdido el viaje).

Es la hora de acostarse y ya estoy tumbada
en la litera de arriba. ¡El suelo parece a
kilómetros de distancia!
    Entonces me imagino que estoy
en una hamaca en plena selva tropical,
y que los ruidos de mis compañeros
en sus habitaciones son los chillidos
de un grupo de orangutanes.

Sofía está en la litera de abajo. Le he
preguntado si quería ver las fotos que he
hecho en el parque natural de flora y fauna,
pero ella ha dicho que prefería leer su libro,
y eso es lo que está haciendo ahora.

Oigo cómo pasa las páginas cada pocos minutos. Aparte de eso, no hace ni un ruido. (Por cierto, mi pijama rosa con cerditos no le ha hecho sonreír ☹). También oigo cómo Cati y Jenny se ríen en su habitación.

Después de la cena, me he llevado a Sofía a la habitación de Cati y Jenny para escuchar el nuevo disco de Luna Superpop, y nos hemos inventado unos pasos de baile (bueno, solo Cati, Jenny y yo; Sofía miraba nada más). Entonces la señora Alen ha venido a decirnos que era la hora de acostarse y Sofía y yo nos hemos vuelto a nuestra habitación.

Tenemos que apagar las luces dentro de veinte minutos, así que aún me da tiempo a escribir sobre el parque natural que hemos visitado.

La verdad es que ha sido increíble.

Cuando el señor Beicon ha dicho
que en ese parque natural no tenían
delfines ni tiburones, me he quedado
un poco chafada..., hasta que he visto
las nutrias.

¡LAS NUTRIAS SON UNA PASADA!

Viven en un lugar precioso con una piscina
enorme.
    Había una mamá nutria que flotaba
de espaldas con las patitas delanteras
cruzadas sobre el pecho, como si estuviese
tomando el sol. Y los bebés nutria
se subían a su tripa y después saltaban
al agua.
    Yo me he imaginado que podía leer
sus mentes:
        ¡Venga, a saltar desde la tripa de mamá!

¡Bufff! ¡Qué fría está el agua!
¿Echamos una carrera nadando?

Ha sido genial.

Aunque no lo mejor de todo...

Los flamencos molaban mucho.
Pueden sostenerse sobre una
sola pata durante horas, ¡y eso
hace que parezcan enormes
lámparas rosas! Yo he intentado
imitarlos, pero solo he podido
mantener el equilibrio un
segundo.

Pero eso tampoco ha sido lo mejor.

¡Lo mejor ha sido cuando a Cati, a Jenny,
a Sofía y a mí nos han dejado entrar
al recinto de los pingüinos!

Han formado un círculo a nuestro
alrededor y hacían unos ruidos
divertidísimos.

Yo no podía parar de reír y Jenny chillaba
de miedo cada vez que un pingüino se
acercaba más de la cuenta.

Cati quería tocar uno, pero la monitora
del zoo que nos acompañaba ha dicho
que podían picarnos.

Sofía no parecía nada emocionada, como
si estar rodeada de pingüinos fuese *normal*.

¡Aunque a lo mejor para ella sí que *es*
normal!

Quizá su casa esté llena de animales,
y sus padres podrían ser científicos que
los estudian.

Podrían vivir en una casa enorme y
ruidosa con jirafas en el pasillo, cebras
en la cocina y pingüinos en el baño.

¿Y si Sofía siempre está triste porque sus padres pasan más tiempo con los animales que con ella?

¿O porque tiene que compartir su habitación con un hipopótamo? Creo que eso pondría triste a cualquiera...

La monitora del zoo tenía un cubo lleno de pescado y Sofía ha empezado a darles de comer a los pingüinos.

Ellos abrían el pico y se tragaban los peces enteros.

Ha sido increíble, aunque me alegro de no ser un pingüino...

Puede que la lasaña sea aburrida, ¡pero tragarte entero un pez crudo debe de ser asquerosito!

Cuando hemos salido del recinto de los pingüinos, le he preguntado a la monitora del zoo si alguna vez había visto el fantasma de un pingüino.

Al oírme, Jaime y Toni, que esperaban fuera con los demás, han dicho que era una pregunta tontísima y se han echado a reír.

Pero yo no creo que fuese una pregunta tan tonta. Si la gente puede convertirse en fantasmas, ¿por qué no los pingüinos?

¿O los flamencos?

¿O los perritos de las praderas?

¡O cualquier cosa!

Seguro que en ese parque natural
de flora y fauna hay un montón de fantasmas.

Me habría encantado pasar allí toda
la noche.

Cati y yo podríamos haber recorrido
el parque entero para ver si encontrábamos
fantasmas.

Yo habría usado mi móvil para grabar
sonidos fantasmagóricos mientras Cati
buscaba zonas donde el aire estuviese
más frío de lo normal.

Podríamos haber visto pingüinos
fantasmas apiñados al borde de su piscina.

Y un flamenco fantasma podría haber
volado por encima de nosotras.

Y los perritos de las praderas y las
nutrias fantasmas también nos mirarían
con sus grandes ojos fantasmales reluciendo
en la oscuridad...

¡Uauuu!

¿A que habría sido algo espeluznante
de verdad?

La señora Alen nos ha recordado que apaguemos las luces, así que voy a dejar de escribir ya. ¡Aunque estoy tan nerviosa que no sé si podré dormirme! 😵

Zzzzzzzzzzzzzzzzzzzzzzzzzzz...

Son las seis de la mañana y soy la primera en despertarme.

Sofía todavía duerme en la litera de abajo. Oigo cómo hace ruiditos, como si roncase un poco.

Y no hay duda: este hotel está encantado.

Después de apagar la luz, Cati y yo probamos nuestro código secreto de golpecitos (que funcionó muy bien). ¡Y entonces pasó algo supermisterioso!

Las luces ya llevaban quince minutos
apagadas cuando Cati golpeó la pared:
*H-O-L-A, N-E-L-A. J-E-N-N-Y E-S-T-Á
D-O-R-M-I-D-A*, y yo contesté: *S-O-F-Í-A
T-A-M-B-I-É-N.*
¿Y-A H-A S-O-N-R-E-Í-D-O?, preguntó
Cati. *N-O*, respondí yo.
Entonces sonaron más golpes y yo pensé
que era Cati, pero no entendí lo que decía,
así que le pregunté: *¿Q-U-É?*, y ella también
me preguntó: *¿Q-U-É?*
*¿H-A-S D-A-D-O T-Ú E-S-O-S
G-O-L-P-E-S?*, insistí yo, y ella me
contestó: *N-O.*

El corazón empezó a latirme a mil por hora...
En el programa *Lo más terrorífico,*
¡los fantasmas siempre se comunican dando
golpes!

Comprobé si el aire de la habitación estaba más frío, pero seguía igual.

YO: ¿H-A-S O-Í-D-O E-S-O?

CATI: ¡S-Í!

YO: ¿E-R-A U-N F-A-N-T-A-S-M-A?

CATI: N-O L-O S-É.

Entonces paré de golpear la pared, y Cati también.

Me concentré en escuchar más golpes fantasmales, pero se ve que me quedé dormida, porque lo siguiente que he visto ha sido la luz del día a través de las cortinas, y mi móvil decía que eran las seis de la mañana.

Estoy deseando que llegue la hora del desayuno para contarles a todos que Cati y yo hemos oído a un fantasma.

FANTASMAS DETECTADOS: ¡¡¡¡¡1!!!!!
MEDIDOR DE SONRISAS: ☹

En el autocar

En el desayuno les he contado a todas
las de mi mesa (Jenny, Amanda, Sofía, Laia
y la señora Alen) que por la noche había
escuchado unos golpes muy extraños,
¡pero nadie me ha creído! Todas pensaban
que lo he soñado.

Entonces Cati les ha dicho que también
los había oído, y ella es una testigo de total
confianza. Si estuviésemos en *Los polis
del cole,* el inspector Nacho Machete nos
habría creído porque él siempre sabe cuándo
alguien está diciendo la verdad. Así que
he decidido usar mi test
especial de detección de
mentiras: he lamido la
cuchara de los cereales y me
la he pegado en la nariz. 😁

He explicado que, si estuviera mintiendo, la cuchara se caería, y a continuación he dicho: «Esta noche he oído a un fantasma», ¡y la cuchara NO SE HA CAÍDO! ¡Una prueba clarísima!

Pero la señora Alen ha dicho que el hotel es muy viejo y que seguro que lo que he oído eran los ruidos de las cañerías. Por lo visto, eso pasa en los edificios antiguos.

¡¡Pero esos golpes no parecían ruidos de cañerías!!

Toni y Jaime (que estaban sentados con el señor Beicon en la mesa de al lado, oyéndolo todo) no han parado de reírse en el desayuno. Cati ha dicho que parecía como si estuviesen tramando algo, pero yo lo que creo es que estaban riéndose de mi historia

de fantasmas. ¡No sé qué le verán de
gracioso! 😠 Está claro que ni Toni ni Jaime
están en sintonía con el más allá, y yo sí.
¡Llevo aquí solo una noche y ya he tenido
mi primer contacto fantasmal!

Y estoy decidida a ver cara a cara a otro
fantasma en el castillo del Pozo. Ahora vamos
de camino.

Sofía está sentada a mi lado, jugando
con el móvil; Cati y Jenny miran la lista de
actividades que el señor Beicon acaba
de repartirnos, y yo miro por la ventanilla.
¡El castillo del Pozo aparecerá en cualquier
momento!

Seguro que el espíritu de aquel
antiguo rey sigue atrapado en alguna
húmeda mazmorra que huele
como los calcetines de papá.

Y fijo que se alegra cuando yo
lo descubra... Porque ser un fantasma
tiene que resultar algo muy solitario.

¡¡¡UN MOMENTO!!!
¿Y si el antiguo rey no tiene cabeza?
Sus adversarios se la cortaron, ¿no?
¡¡Ver un fantasma sin cabeza sí que molaría!!
Podría llevarla debajo del brazo o algo así.
Imagínate teniendo que llevar la cabeza
en brazos para siempre jamás...
Me pregunto si las cabezas
de los fantasmas pesarán
mucho. A lo mejor puedo
prestarle mi mochila
al fantasma del rey.
Para él sería más
cómodo llevar la cabeza
ahí dentro, ¿no?

He cargado a tope la batería del móvil,
así que podré grabar cualquier *presencia*
sin problemas.

Y llevo las manos en los bolsillos para
mantenerlas supercalientes y notar con más
facilidad si de pronto empieza a soplar aire
frío. Ah, y me he puesto mi jersey de pelusa
azul, claro. La pelusa está muy suave
(esta mañana no me he peinado para no
atraer la electricidad), preparada para
detectar cualquier energía fantasmal.

¡¡¡Ya veo el castillo a lo lejos!!! Está sobre
una colina, es viejo y gris y tiene torreones.

Acabo de preguntarle a Sofía si quiere
ayudarme a buscar al fantasma del rey,
pero me ha contestado que ella no cree
en fantasmas.

Entonces le he preguntado por el que anoche
dio golpes en nuestra habitación, y ella
ha dicho lo mismo que la señora Alen:
que eran las cañerías del hotel.

¡Pobre Sofía! Se está quedando sin
imaginación... ¡y ya empieza a pensar como
un adulto! Tengo que hacerla sonreír pronto.
   Aunque me está costando horrores...
   En el desayuno, cuando se ha levantado
a buscar el zumo de naranja, he dibujado
una carita sonriente con las tostadas,
los huevos y la salchicha de su plato.
Pero cuando Sofía ha vuelto
a sentarse, ¡ni se ha dado
cuenta! Simplemente
ha cogido la salchicha,
la ha mojado en huevo y
¡adiós, carita sonriente! ☹

Ya estamos en el aparcamiento del castillo.
¡Ha llegado la hora de guardar mi diario
y empezar la caza de fantasmas más
emocionante de toda mi vida!

FANTASMAS DETECTADOS: 1
(A PESAR DE LO QUE DIGA LA SEÑORA ALEN)
MEDIDOR DE SONRISAS: ☹

En el autocar (otra vez)

¡El castillo del Pozo ha sido ALUCINANTE!

Cati y Jenny están sentadas detrás
de mí en el autocar, admirando todo lo que
han comprado en la tienda de recuerdos,
y Sofía está sentada a mi lado... ¡y NO
parece tan triste!

El castillo del Pozo era tan grande que nos
ha llevado bastante rato rodearlo entero.

El guía turístico nos ha dicho que la gente
ha visto UN MONTÓN de fantasmas allí,
sobre todo el de una mujer que se ahogó
hace cientos de años..., ¡y a veces su cara
aparece reflejada en el agua del pozo!
Cati y yo nos hemos asomado con mucho
cuidado, pero el pozo del castillo era tan
profundo que solo hemos visto sombras.

Y la pelusa azul de mi jersey no ha chisporroteado.

Pero en el pozo había un montón de eco cuando hemos gritado: «¿Estás ahí, dama ahogada?». ¡Ha sido espeluznante!

Después, el guía nos ha contado la leyenda de la Dama Gris, una fantasma con una larga capa que por las noches camina alrededor del castillo con sus cuatro perros.

¡Cómo molaría ser la Dama Gris!, ¿verdad?

¡Me encantaría pasear a cuatro perros a la vez!

Le he preguntado al guía si alguien había visto alguna vez el fantasma del rey sin cabeza, y él ha contestado que no.

Pero yo he replicado para mí sola: «*Todavía* no...» (y es que, de pronto, la pelusa de mi jersey se había puesto tiesa de repente, ¡en serio!).

Entonces Sofía ha levantado la mano para preguntar si podía ir al baño.

El señor Beicon me ha pedido que fuese con ella para que no se perdiera, así que hemos atravesado el patio juntas para entrar en el vestíbulo, al otro lado del castillo.

Después hemos seguido los letreros por el pasillo hasta encontrar los baños y Sofía ha entrado.

Mientras la esperaba fuera, he oído unos pasos a lo lejos.

He mirado hacia el fondo del pasillo y no
he visto a nadie, pero las pisadas se oían
cada vez más y la pelusa de mi jersey azul
ha empezado a picarme en los brazos...

He sacado el móvil del bolsillo, pero antes
de poder conectar el vídeo, un hombre ha
aparecido al final del pasillo.

¡Me he quedado helada! 😳

No me podía creer lo que veían mis ojos.
El hombre llevaba una barba puntiaguda, capa
y ropas antiguas y el pelo largo y rizado.

¡Era el fantasma del rey!

Estaba tan asustada y nerviosa que se me
ha secado la boca. He querido llamar a Sofía,
pero me sentía tan paralizada que solo he
podido mirar boquiabierta cómo el fantasma
del rey pasaba a mi lado y desaparecía tras
una esquina al fondo del pasillo.

La brisa que su capa ha levantado al pasar era tan fría que me ha hecho temblar.

Ni siquiera me he dado cuenta de que Sofía había salido ya del baño. Estaba demasiado ocupada mirando al fantasma, ¡y el corazón me latía tan fuerte que podía oírlo!

Al ponerme una mano en el brazo, Sofía ha chillado porque mi jersey de pelusa azul le ha soltado una descarga eléctrica, y eso me ha hecho reaccionar por fin.

—¡Rápido! —he gritado, y la he cogido de la mano.

Hemos echado a correr por el pasillo, persiguiendo al fantasma. He buscado la cámara de fotos en las funciones del móvil, pero correr y encontrar las funciones del móvil a la vez no es nada fácil, y encima iba tirando de Sofía.

—¿Por qué corremos? —ha resoplado ella.

—¡He visto un fantasma!

Al doblar la esquina del pasillo, una puerta se estaba cerrando delante de nosotras, aunque he conseguido colarme a tiempo por ella.

Entonces me he parado, he levantado el móvil y le he hecho una foto al fantasma del rey justo antes de que

desapareciese tras otra puerta que ponía «NO PASAR».

Sofía ha empezado a tirar de mí.

—¡No podemos entrar ahí! Está prohibido.

Me he quedado mirándola mientras mis pensamientos iban a mil por hora.

¿Qué haría Marcus, de *Lo más terrorífico,* en una situación así? Desde luego, él NUNCA permitiría que un cartel de «NO PASAR» lo detuviese en plena caza fantasmal.

—¡Pero *tenemos* que pasar, Sofía! —he replicado—. ¡Ese era el fantasma del rey!

Sofía ha parpadeado.

¡Parecía emocionada!

Entonces yo me he adelantado unos pasos y he abierto la puerta con mucho cuidado, como si hubiese un tigre hambriento esperando al otro lado...

Sofía y yo hemos asomado la cabeza.

Había un pasillo estrecho que desaparecía tras doblar una esquina.

Y ni rastro del rey.

Justo cuando estaba a punto de avanzar
por ese otro pasillo, una voz ha resonado
a nuestras espaldas y, al darme la vuelta,
he visto al señor Beicon haciéndonos señales
con la mano desde el patio.

El resto de la clase estaba con él.

—¿Os habéis perdido? —ha preguntado.

Y la señora Alen nos ha gritado:

—¡No podéis estar ahí! ¡Volved ahora mismo!

Se me ha caído el alma a los pies. 😨

Quería ver adónde se había ido nuestro
fantasma, ¡y la pelusa de mi jersey seguía
toda de punta, como el pelo de un gato
asustado! (En ese momento he decidido

 aconsejar a Marcus que se
ponga un jersey como el mío,
porque detecta los espíritus
mucho mejor que todo su equipo
de cazafantasmas).

—Vamos —ha dicho Sofía mientras tiraba
de mí para ir con los demás, que ya iban
a visitar otras partes del castillo.

—¿Por qué habéis tardado tanto? —me ha
susurrado Cati cuando hemos llegado a su lado.

Yo he estado a punto de contarle lo del
fantasma, pero entonces Sofía ha hecho algo
tan sorprendente que me he quedado sin
habla...

¡ME HA GUIÑADO UN OJO! Ha sido
un guiño especial, de los de guardar
secretos, como si fuésemos amigas
de verdad. ¡Me he alegrado tanto...!

—Luego te lo cuento —le he susurrado
a Cati.

Temblando de la emoción, he seguido al
grupo hasta uno de los torreones del castillo.

Allí había otro pozo, y a su alrededor,
una rueda movida por un burro.

Por lo visto, ese pozo era tan profundo
que se necesitaba un burro para impulsar
la rueda (que era como la de las jaulas
de los hámsteres, pero enorme y de madera)
y así subir el cubo lleno de agua hasta
lo alto del torreón.

—¡Eh, Nela, pregúntale al guía si aquí hay
burros fantasma! —ha soltado de repente
Jaime, y todos se han reído.

Después ha dicho que si en el parque
natural de flora y fauna había fantasmas
de pingüinos, en el castillo *tenía* que haber
fantasmas de burros, ¿no?

Pero yo tenía la prueba definitiva de que
los fantasmas existen...

Así que le he enseñado a Jaime la foto
que acababa de hacer con el móvil.

—¡Mira! —le he dicho—. ¡Es el fantasma
del rey!

Jaime la ha mirado y,
por primera vez EN LA VIDA,
se ha quedado calladito
(y también un poco pálido).
No ha dicho ni pío en todo
el camino hasta la siguiente
zona del castillo, la misma en
la que había desaparecido el fantasma
del rey.

Yo estaba MUY nerviosa. ¡Tenía como un
nudo doble en el estómago!

¿Y si volvíamos a ver al fantasma?
¿Y si aparecía delante de toda la clase?

Sería un notición que daría la vuelta
al mundo y *demostraría* que soy
un auténtico imán para los fantasmas.

Marcus me suplicaría que participase
en su programa de la tele... (Eso me haría
una ilusión bárbara).

¡Incluso podría tener mi propio programa!

Millones de personas verían cada semana
cómo descubro fantasmas por todo el
mundo...

—Avísame si lo ves —le he susurrado
a Sofía.

—Vale —me ha susurrado ella.

Cati se nos ha acercado.

—¿Por qué susurráis?

—Lo vas a saber enseguida... —le he dicho.

Estaba segura de que el fantasma del rey volvería a aparecer.

Mientras seguíamos al guía hasta un gran salón me he mirado el jersey, pero la pelusa azul ya no estaba toda de punta. También he movido los dedos en busca de corrientes frías, pero el aire seguía caliente.

Estaba tan ocupada examinando el salón en busca de *presencias* fantasmales que casi no oigo al guía decir que un miembro del personal del castillo iba a darnos una charla.

¡Y entonces he visto a mi fantasma!

Ha pasado bajo un arco del salón, se ha puesto frente a la clase y nos ha hecho una reverencia.

¡Madre mía! ¡Estaba pasando de verdad! ¡Mi fantasma acababa de aparecer delante de toda la clase! 😳

Entonces el guía ha dicho:

—Os presento al rey que estuvo prisionero en el castillo del Pozo hace varios siglos...

Yo he parpadeado, extrañada.

El guía hablaba como si mi fantasma fuese la cosa más normal del mundo.

¿Es que el rey se aparecía *todos los días?*

Entonces me he dado cuenta de que mi fantasma llevaba una peluca, y de que su ropa era un disfraz...

¡Mi fantasma no era un fantasma!

Era un actor vestido con ropas de rey antiguo, y cuando lo he visto antes corría a prepararse para representar su papel frente a nosotros.

De repente he empezado a notar que me ponía coloradísima.

Y casi me muero de vergüenza cuando
Jaime ha señalado al actor.

—Eh, Nela, ¿ese no es tu fantasma?
—ha dicho entre carcajadas.

Todos han empezado a reírse.

Incluso la señora Alen.

Si me hubiese muerto de vergüenza
de verdad, mi fantasma habría perseguido
a Jaime durante toooooda su vida,
¡eso seguro!

Menos mal que Cati enseguida ha venido
a consolarme:

—No pasa nada, Nela. Seguro que pronto
encuentras un verdadero fantasma.

Y Sofía se ha puesto a mi lado y me ha
susurrado con una sonrisa:

—Yo también pensaba que era un fantasma
de verdad.

De repente me he sentido mucho mejor,
porque, vale, la de Sofía no era una sonrisa
superfeliz, ¡pero era una sonrisa!

Y puede que aún no haya encontrado
un fantasma, pero por lo menos he
empezado a alegrar a una amiga que
estaba triste.

Después de eso hemos comido en los jardines
del castillo.

Cati, Jenny, Sofía y yo nos hemos
sentado juntas, hemos intercambiado
nuestros sándwiches...

¡Y Sofía incluso me ha aceptado
una patata frita!

Parecía muy contenta.

De vuelta al autocar me ha parecido
que se sentaba a mi lado porque
le apetecía de verdad, y no porque
la obligaran.

¡Y cuando le he preguntado si jugábamos
al Veo-veo ha dicho que sí!

Mi palabra empezaba por «C» y Sofía
ha probado con «coche, cabra, colina,
cabaña...», pero es que ella estaba mirando
por la ventanilla y yo estaba mirando
el cocodrilo de peluche que colgaba
de la mochila de Mandi.

Cuando Sofía por
fin ha seguido mi mirada,
ha gritado «¡cocodrilo!»
tan alto que se ha puesto
colorada y se ha tapado
la boca corriendo, igual
que cuando se te escapa un eructo.

Y como ya parecíamos amigas de verdad,
me he atrevido a preguntarle por su antiguo
colegio.

Yo quería saber si era solo de chicas,
pero ella me ha dicho que era mixto,
como el nuestro.

Entonces ha empezado a ponerse triste
otra vez, así que rápidamente le he dicho
que era su turno en el Veo-veo.

Mientras Sofía pensaba, yo he empezado
a tachar cosas de la siguiente lista
en mi cabeza.

<u>Motivos por los que Sofía podría estar triste</u>

- ~~Tener un dedo de más en los pies.~~

- ~~Comer demasiado queso.~~

- ~~Tener que ir al colegio con chicos...~~

Pero Sofía enseguida ha interrumpido mis pensamientos:

—Veo-veo una cosita que empieza por «T».

Como estaba mirando por la ventanilla, yo también he mirado. El autobús pasaba junto a una cabina de teléfonos, así que he dicho «¡teléfono!». ¡Y he acertado! ¡A la primera, toma ya! 😊 La cabina parecía supervieja, como las de las series de tele antiguas que le gusta ver a mamá.

Me pregunto si en *Lo más terrorífico* habrán investigado alguna vez una cabina encantada.

Ya me imagino a Pepi y a Marcus apretujados en una como sardinas en lata, mientras Marcus tiene uno de sus momentos...

MARCUS: ¿Notas el frío?

PEPI: *(Aplastada contra el cristal).* Más bien noto calor.

MARCUS: Está claro que aquí dentro hay una *presencia.* ¡Mi medidor de energía fantasmal está a punto de estallar!

Entonces el teléfono de la cabina suena de repente y Pepi grita del susto, claro.

Marcus responde al teléfono y una voz de ultratumba dice: «La *última* persona a la que telefoneé *nunca* salió de aquíííííííí...».

¡Eso sí que daría MIEDO DE VERDAD! 😵

A lo mejor está bien que el antiguo rey no se convirtiese en fantasma. ¡Debía de estar mosqueadísimo porque sus adversarios le cortaron la cabeza! (Los reyes de su época no esperaban que les cortasen la cabeza. Normalmente eran ellos los que mandaban cortársela a otros). Y un fantasma mosqueado no es la mejor compañía... Si me hubiese visto persiguiéndolo con el móvil, ¡¡podría haber pensado que yo era una de sus adversarios cortacabezas y me habría perseguido para siempre jamás!!

Empiezo a tener calor, así que me he quitado el jersey de pelusa azul. Además, creo que necesito un descanso de tanto perseguir fantasmas.

¡Y me pregunto cómo será el cine en 4D!

FANTASMAS DETECTADOS: 0
MEDIDOR DE SONRISAS: 😄

En el hotel, después de cenar

¡La cena ha sido estupenda!

¡Estoy LLENÍSIMA!

Nos han puesto tres platos, ¡y ha sido como cenar tres veces!

Primero había sopa de letras, así que Cati, Jenny, Sofía y yo hemos escrito nuestros nombres con ellas.

La sopa estaba un poco fría cuando por fin nos la hemos comido, pero aún sabía muy rica.

Después nos han puesto pavo, que se parece bastante al pollo y sabe mejor que la lasaña con zanahoria (aunque no tanto como los *nuggets*).

Y el postre estaba aún mejor. Era bizcocho con chocolate líquido por dentro, ¡ÑAMM! 😛

Estaba tan rico que Jaime ha querido repetir, pero el camarero le ha dicho que en los hoteles no se repite y lo ha mirado como si prefiriese dar de comer a las fieras del zoo.

Así que Jaime se ha puesto a lamer su plato, y Toni el suyo..., y al poco rato, casi todos igual.

Yo también quería lamer mi plato, pero no me apetecía acabar con la punta de la nariz manchada de chocolate, como la de Jaime, así que he usado la cucharita para rebañar bien toda la salsa.

Ahora estamos de vuelta en la habitación y me he tumbado a hacer la digestión en mi litera.

Aunque puede que dentro de un rato
me ponga a correr por los pasillos del hotel
para que me entre hambre otra vez...
¡porque solo faltan dos horas y media
para celebrar nuestro banquete de
medianoche! ¡HURRAAA! 😃

Pero antes tengo que escribir sobre
lo que ha pasado en el cine en 4D.

La peli iba sobre la vida bajo el
agua, y todos teníamos gafas 3D
(me encanta cuando todo el mundo
lleva las mismas gafas en el cine. Es muy
raro, ¡como si todos fuésemos disfrazados!).

Mi butaca se movía cuando algo se movía
en la pantalla.

Y cuando en la peli había viento, soplaba
un viento de verdad.

Y el agua nos ha salpicado a todos.

¡Ha sido genial!

Entonces unas burbujas han empezado
a flotar a nuestro alrededor, como si
estuviésemos debajo del agua. Al principio
eran pocas, pero cada vez había más
y más, hasta que ya ni se veía la pantalla.
¡Las burbujas estaban *por todas partes!*

Un encargado del cine ha bajado corriendo
las escaleras y se ha puesto a trastear
con una máquina debajo de la pantalla,
y los acomodadores han abierto las puertas
de emergencia y han empezado a mover
los brazos para sacar las burbujas del cine.

Un murmullo ha corrido por toda
nuestra fila de butacas hasta que Cati
me ha susurrado al oído:

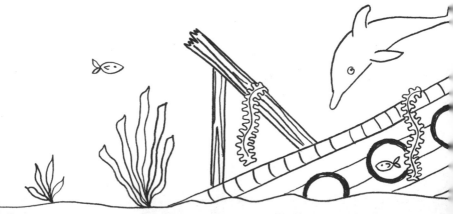

—La máquina de las burbujas se ha roto.

El señor Beicon y la señora Alen se han levantado para ayudar.

Y nosotros también.

Ya nadie miraba la peli. ¡Todos estábamos ocupados espantando burbujas!

Yo movía los brazos como si fuese un helicóptero, pero solo he conseguido que las burbujas girasen aún más a mi alrededor. Era como ser una exploradora submarina, pero sin bombona ni gafas de buceo.

Entonces he empezado a imaginarme que nadaba entre delfines y tiburones y que encontraba un barco hundido en el fondo del mar.

A mi lado, Sofía hacía estallar las burbujas dando palmadas.

Yo creo que sonreía, pero era muy difícil asegurarlo con todo aquel revoltijo de gente y de burbujas...

Sofía acaba de subirse a mi litera.

SOFÍA: *(Mirando mi pijama rosa con cerditos).* Me gusta tu pijama.

YO: *(Sonriendo orgullosa y echándome a un lado para hacerle sitio).* Gracias.

SOFÍA: *(Señalando mi diario).* ¿Qué haces?

YO: Escribo en mi cuaderno de cazafantasmas.

SOFÍA: ¡Qué guay! *(Poniéndose cómoda a mi lado en la litera).* ¿Te gustan las gominolas?

YO: Me encantan.

SOFÍA: Genial, porque he traído un montón para el banquete de medianoche.

FANTASMAS DETECTADOS: 0
MEDIDOR DE SONRISAS: 😊

Después de medianoche

Hacía bastante que no me acostaba tan tarde.

(La última vez fue en Nochevieja, cuando el tío Pit se subió al tejado para cantar villancicos, luego no podía bajar y tuvimos que llamar a los bomberos).

¡Ha sido SUPERDIVERTIDO! (más que la Nochevieja, incluso).

Mañana volvemos a casa, pero yo voy a recordar esta noche para siempre...

He esperado hasta la hora de apagar las luces para dar unos golpecitos en la pared de Cati.

YO: V–E–N–I–D A N–U–E–S–T–R–A H–A–B–I–T–A–C–I–Ó–N.

CATI: V-A-L-E.

Entonces he oído que alguien daba golpecitos en la pared... ¡justo debajo de mí!

Al principio he pensado que era el fantasma de la noche anterior, pero enseguida me he dado cuenta de que, quien fuese, estaba usando nuestro código:

T-E-N-G-O G-O-M-I-N-O-L-A-S

Me he asomado por uno de los lados de la litera y he visto que Sofía estaba sentada, alumbrando con el móvil la tabla con el código y enviando un mensaje a través de la pared.

Le he sonreído, me he bajado de la litera de un salto y he aterrizado sin hacer ruido. (No quería que la señora Alen viniese a ver qué hacíamos).

Luego han llamado a la puerta muy bajito y he dejado entrar a Cati y a Jenny.

Se habían traído sus edredones, y Sofía y yo hemos cogido nuestras sábanas para formar una gran tienda de campaña usando las sillas de la habitación. Después hemos metido los edredones y las almohadas en la tienda.

¡Se estaba MUY cómoda dentro!

Jenny se ha traído una linterna para usarla de lámpara, y todas hemos sacado nuestras chuches hasta formar un buen montón en el medio.

Después nos hemos tapado con los edredones y ha empezado el banquete de medianoche.

Cati había traído regaliz y caramelos de tofe (esos tan ricos que se te quedan pegados a los dientes); Jenny, bombones

y caramelos con picapica, y yo,
serpientes de gominola y la caja
de chocolatinas que el tío Pit
me regaló por mi cumple.

Sofía había traído dos paquetes grandes
de ositos de gominola, caramelos de menta
y una bolsa enorme de bolitas con sabor
a queso.

—Me encanta el queso —ha dicho mientras
la abría.

Eso me ha dado una idea genial: ¡sándwich
de osito y bolitas de queso!

He puesto un osito entre dos bolitas y me
lo he comido de un bocado. ¡Estaba muy
rico! (aunque también se pegaba que no veas
a los dientes).

Le he dicho a Cati que probase uno y le
ha gustado bastante, pero Jenny ha dicho
que ya estaba llena.

Y Sofía ha dicho que le gustan tanto
las bolitas de queso que no quería arruinar
el sabor con los ositos.

Entonces Cati se ha comido un caramelo
de menta y otro con picapica al mismo
tiempo.

Parecía tan feliz que todas los hemos
probado también.

¡La mezcla estaba riquísima!

Estaba a punto de experimentar con
una combinación de bombón, chocolatina
y caramelo de tofe cuando he oído unos
golpes...

YO: *(Temblando como un ratón asustado)*.
¡Shhhh!

CATI: *(Con la boca aún llena de caramelos)*.
¿Eh?

JENNY: (Estirajando una serpiente de gominola). Yo no he oído nada.

SOFÍA: (Poniéndose un dedo en los labios). ¡¡¡Shhh!!!

Nos hemos callado, preparadas para escuchar. Y los golpes se han repetido.

A Cati se le han puesto los ojos como platos. Parecían los faros de un coche.

—¿¿¿Quién ha dado esos golpes??? ¡En la habitación de al lado no hay nadie! ¡Todas estamos aquí!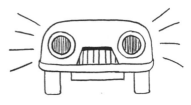

JENNY: (Enrollándose la serpiente de gominola en el dedo). Serán las cañerías, como dijo la señora Alen.

YO: ¿De verdad que *eso* te ha sonado a cañerías? *(Los golpes eran bastante suaves, como los que intercambiábamos Cati y yo en el código del bisabuelo, pero mucho más secos)*. Las cañerías no hacen ruidos secos, sino algo como... ¡claaang!

SOFÍA: *(Tumbándose en el suelo y escuchando con mucha atención)*. Vienen de abajo.

Cati ha ahogado un gritito y se ha escondido debajo de un edredón.

Jenny ha empezado a masticar su serpiente de gominola.

Sofía se ha puesto boca abajo y ha pegado el oído al suelo.

Y los golpes han vuelto a empezar.

Tad, tad, tad, tad.

—Suenan justo debajo de nosotras —ha dicho Sofía.

Los golpes han seguido.

—Es un fantasma, ¡estoy segura! —ha gemido Cati.

—Los fantasmas no existen —ha replicado Jenny.

Tad, tad, tad, tad.

—¡Sí que existen! —he saltado yo.

El corazón me latía a toda velocidad. Estaba medio asustada, medio emocionada.

¡Podía ser mi gran oportunidad para encontrar un fantasma! (uno de verdad).

He salido de la tienda de campaña retorciéndome por debajo de un edredón.

Fuera, el aire estaba helado, la señal
definitiva de que había una *presencia*
fantasmal. 💀

Tad, tad, tad, tad.

He cogido mi jersey de pelusa azul de debajo
de las literas y me lo he puesto. ¡El pelo me
ha crujido tanto al rozar la pelusa que seguro
que todavía lo tengo todo de punta!

Los golpes se oían cada vez más.

«¡Esto es lo mejor y lo más terrorífico
de toda mi vida!», he pensado mientras
miraba a mis amigas. Sofía todavía estaba
escuchando pegada al suelo. Cati miraba
por encima de su edredón.
Y Jenny estaba guardando
las chuches en la funda
de una almohada.

128

De pronto, los golpes han parado.

Cati ha dado un brinco y me ha mirado.

—¿Se ha ido el fantasma?

—O se ha ido, o viene hacia aquí...
—ha dicho Sofía mientras se sentaba
en el suelo.

—¡No! —ha chillado Cati, otra vez debajo
del edredón.

—¡Tranquilas! ¡Sé lo que hay que hacer!
—he dicho yo.

Para ser sincera, no tenía
ni idea de qué había que
hacer. ¿Y si el fantasma
estaba VINIENDO hacia
nosotras? Mi cuaderno de
cazafantasmas terminaría
con las páginas en blanco
y yo acabaría toda pringada
de baba fantasmagórica.

Además, ¡el fantasma podía robarnos las chuches!

He apartado de mi mente esos pensamientos horribles y he empezado a avanzar muy despacito por la habitación.

Entonces se han oído unas pisadas.

Pisadas fuertes, lentas, en el pasillo.

Y se dirigían a nuestra puerta.

—¡Viene hacia aquí! —Jenny ha salido corriendo de la tienda de campaña, con Sofía justo detrás, y Cati ha sacado la cabeza del edredón.

La linterna, que se había caído al suelo, las iluminaba desde abajo.

Las pisadas se han parado...

¡Y han sonado tres golpes en nuestra puerta! (Menudo grito hemos dado las cuatro).

Con una seña les he indicado a mis amigas que se quedasen atrás. Después de todo, yo era la que más experiencia tenía como cazafantasmas: había visto *Lo más terrorífico* y había buscado información sobre fantasmas en la biblioteca del cole.

Intentaba imaginarme qué haría Marcus en un momento así... cuando han vuelto a golpear la puerta.

Marcus intentaría hablar con *la presencia*.

Me he acercado a la puerta.

—¿Quién hay ahí?

Me temblaba la voz.

Detrás de la puerta ha sonado un gemido. Y otra voz ha empezado a quejarse, aunque después ha soltado una risa espeluznante.

La voz que gemía también ha soltado una risotada tan terrorífica que ponía la carne de gallina.

—¡Hay dos fantasmas! —ha dicho Cati,
casi llorando. Estaba agarrada a Jenny
con todas sus fuerzas.

Sofía miraba fijamente la puerta con los
ojos medio cerrados, como si estuviese
pensando muy concentrada en algo.

Las risas espeluznantes han parado.

Yo respiraba tan rápido que casi no podía
hablar.

Pero me he imaginado que era Marcus
y me he dicho: «Quieren comunicarse.
Deben de tener algo importante que
transmitirme».

De repente me he sentido especial.
De todos los huéspedes del hotel, esos
fantasmas me habían elegido *a mí*.

He enderezado los hombros.

Iba a ayudar a esas dos pobres almas
perdidas a encontrar la paz que necesitaban.

—Habladme —les he dicho a través de la puerta. Me sentía igualita que Marcus, y hasta he probado una de sus frases—: Dejad que os guíe hacia vuestro último descanso.

—Neeeeeeeeelaaaaaaaaaaaa...

¡Uno de los fantasmas estaba diciendo mi nombre!

Parecía que iba a estallarme el corazón. El jersey de pelusa me picaba como si me estuviesen frotando con estropajo. Y por debajo de la puerta entraba un aire helado.

Enseguida he puesto en marcha la grabadora de mi móvil.

—¿Qué queréis? —he preguntado como lo habría hecho Marcus. (Aunque una parte de mí quería salir pitando a esconderse en la tienda de campaña y gritar hasta que la señora Alen viniera a salvarnos).

Pero tenía que averiguar qué querían
esos fantasmas.

Ha vuelto a oírse una risa espeluznante...

Bueno, la verdad es que ahora sonaba más
bien como una risita tonta.

Y entonces se ha oído a través de la puerta:

—¡Te queremos a tiiiiiiiiiiiiiiiii!

Yo he dado unos pasos atrás. Estaba
temblando. A Marcus *nunca* le ha pasado algo
así. Si le pasase, seguro que Pepi se habría
desmayado y él habría echado a correr
olvidando todo su equipo de cazafantasmas.

—¡Socorro! —ha gritado Cati, medio histérica.

Jenny y ella se habían subido de un salto
a mi litera y se abrazaban muertas de miedo.

Sofía ni se había movido. Pensativa, seguía
mirando la puerta.

—¿No tienes miedo? —le he preguntado,
asombrada.

—No.

Sofía ha dado media vuelta, ha ido al baño y al momento ha vuelto con dos grandes toallas blancas. Me ha lanzado una y se ha acercado a la puerta.

—¿Para qué es la toalla? —le he preguntado.

—Escucha —ha susurrado mientras pegaba la oreja a la puerta.

Yo he acercado mi cabeza a la suya y he oído risitas al otro lado.

—Son Jaime y Toni —ha susurrado Sofía—. Seguro que su habitación está debajo de la nuestra. Han empezado dando golpes en el techo.

He apretado más la oreja contra la madera.

Las risitas parecían más de chicos que de fantasmas.

Y yo no sabía si sentirme aliviada o desilusionada.

Entonces Sofía ha puesto la toalla por encima de la cabeza.

—Haz lo mismo —me ha susurrado.

Así que me he puesto la toalla por encima de la cabeza.

—¿Qué vamos a hacer? —le he preguntado. (Si ponerse una toalla por la cabeza era su idea de esconderse, mejor que pensara otra cosa).

—¡Vamos a convertirnos en fantasmas! —me ha dicho—. ¡Pon una voz que dé miedo!

De pronto ha girado el pomo de la puerta y la ha abierto de golpe.

—¡Uuuuuuuuuuuuuuuuuuuuuuh!

Yo he levantado los brazos y he dado un grito que helaba la sangre.

—¡Uuuuuuuuuuuuuuuuuuuh!

Dos chillidos de terror han acompañado
a unas pisadas a toda pastilla. Me he quitado
la toalla a tiempo de ver cómo Jaime y Toni
corrían por el pasillo entre gritos de pánico.

Detrás de mí, Cati lloriqueaba. Se había
bajado de mi litera y Jenny se asomaba por
encima de su hombro.

—¿Qué era *eso?*

—Jaime y Toni —he contestado yo—.
Se hacían pasar por fantasmas.

Cuando Sofía se ha
quitado la toalla
de la cabeza, estaba
sonriendo. Una enorme
sonrisa que le subía
por las mejillas y le
arrugaba los ojos.
¡Parecía feliz!

—Creo que *nuestros* fantasmas estaban más logrados —ha dicho.

—Pues claro. Nosotras dábamos mucho más miedo —he sonreído yo—. ¿Cómo has sabido que eran Jaime y Toni?

Sofía se ha colgado la toalla al hombro y ha vuelto a la tienda de campaña.

—He reconocido la risita tonta de Jaime.

Poco después, la señora Alen ha llamado a la puerta para preguntar si todo estaba bien. Le hemos contado lo de Jaime y Toni, y cómo los habíamos asustado más de lo que ellos nos habían asustado a nosotras. ¡Y la profe no se ha enfadado! Aunque he visto cómo fruncía un poco el ceño al ver nuestra tienda de campaña...

—Bueno, me alegra que estéis bien —ha dicho por fin. Entonces ha mirado

a Sofía, que aún seguía sonriendo, y la profe
ha sonreído también—. Que os divirtáis.

Y se ha ido a su habitación.

Nada más terminarnos el banquete de
medianoche nos ha entrado mucho sueño,
así que Cati y Jenny se han vuelto a su
habitación mientras Sofía y yo nos
cepillábamos los dientes.

Cuando ya estábamos acostadas en las
literas, le he confesado a Sofía que hoy ha sido
uno de los mejores días desde que actué con
Cati en el concurso de talentos del colegio*.

SOFÍA: ¿Un concurso de talentos?

YO: Sí. Bailamos y quedamos segundas.
Fue genial.

---

* Si quieres saber más sobre esta aventura, lee el primer título
de la colección.

SOFÍA: *(Con voz pensativa)*. ¿Cati es tu mejor amiga?

YO: Sí.

SOFÍA: ¿Sois amigas desde siempre?

YO: No, solo desde hace unos meses. Antes, mi mejor amiga era Raquel.

SOFÍA: ¿Y qué le pasó a Raquel?

YO: Se fue a vivir a Escocia.

SOFÍA: ¿La echas de menos?

YO: Sí, pero no tanto como hace un tiempo. Estoy muy feliz de tener a Cati, y a Jenny y a Jessy.

Sofía se ha quedado callada unos segundos y luego ha dicho con voz triste:

—Yo echo mucho de menos a mis amigas.

—¿De tu antiguo colegio? —le he preguntado.

—Sí —apenas le salía la voz, como si estuviese a punto de llorar.

Entonces me he dado cuenta...

Sofía no estaba triste por tener un dedo de más en cada pie, o porque su familia esté loca por el queso, o porque tenga que compartir  su cuarto con un hipopótamo.

Estaba triste porque echaba de menos a sus amigas.

He asomado la cabeza por el borde de la litera para ver si estaba bien.

Y ella me ha mirado con los ojos brillantes de lágrimas.

YO: Pronto te sentirás mejor, ya lo verás. Sobre todo ahora que tienes nuevas amigas.

SOFÍA: (Parpadeando). ¿Nuevas amigas?

YO: Cati, Jenny y yo, ¡claro!

Le he dedicado mi mejor sonrisa y ella también ha sonreído.

SOFÍA: Gracias, Nela.

YO: Gracias, Sofía.

SOFÍA: ¿Por qué?

YO: Por hacer de este fin de semana
uno de los mejores de mi vida.

Sofía ha vuelto a sonreír. Era como si todas
las sonrisas que se había guardado desde
que había llegado al cole por fin pudiesen
salir.
Después de eso, se ha dado la vuelta
para dormir, así que me he puesto a escribir
un rato en mi ~~diario~~ cuaderno de
cazafantasmas.

Yo tampoco puedo dejar de sonreír.
¿Qué importa si no he encontrado
un fantasma de verdad en la isla del Valor?
(le pegaría más llamarse «la isla del
Terror», ¿verdad?).
Siempre puedo ver cómo Marcus encuentra
fantasmas en *Lo más terrorífico*.

Lo importante es que he conseguido hacer sonreír a Sofía. Y que ahora es mi amiga.

¡Y hacer nuevos amigos es mejor que ver cientos de fantasmas!

DETECTOR DE FANTASMAS: 0 (hasta ahora)
MEDIDOR DE SONRISAS: 😁

P. D.: Todavía puedo ver cientos
de fantasmas. Mamá dice que este verano
iremos de vacaciones a un sitio donde
hay montones de castillos. Si los visitamos
todos, ¡estoy *segura* de que por fin
encontraré un fantasma!

PROS Y CONTRAS DE TENER
UNA MASCOTA FANTASMA

PROS

1. No habría problemas de espacio,
así que podrías tener el animal que
quisieses, como un gorila, un elefante...
¡o incluso una ballena!
¿¡Quién no querría una
ballena de mascota!?

2. Nunca tendrías que darles de comer,
así que podrías invertir todo el dinero
de su comida para mascotas en algo mucho
más divertido, como llevarlas al circo
o a saltar en una cama elástica.

3. ¡¡No tendrías que limpiar ni recoger
sus cacas!!

(A no ser que las mascotas fantasma hagan caca... Tendré que consultarlo en internet).

4. No tendrías que llevarlas al veterinario porque nunca se ponen enfermas.

5. NUNCA SE MORIRÍAN... ¡porque ya están muertas!

CONTRAS

1. Las mascotas fantasma no son achuchables, así que no puedes acurrucarte a su lado ni acariciarlas. Si lo intentases, seguramente tu mano pasaría a través de ellas, lo que da un poco de repelús. 😖

2. No harían caca ni pis,
pero lo dejarían todo
perdido de babas.
(Jaime dice que vio
una película de
fantasmas, y que
dejaban la casa
que habían
encantado toda
llena de babas
verdes). Creo que
yo prefiero ser una
recogedora-de-cacas a una limpiadora-
de-babas.

3. Tus amigos no podrían verlas (a no ser
que ellos también puedan ver fantasmas,
pero como muy poca gente lo consigue,
es probable que ellos no). Y si no pueden

ver tu mascota, podrían pensar
que estás mintiendo, y entonces
todos en el cole te llamarían
*La Chica/El Chico de la Mascota
Imaginaria.* Lo que sería
para morirse de vergüenza.

4. Con una mascota fantasma cerca,
haría frío todo el tiempo, incluso en verano.
Supongo que podrías ponerte un montón
de jerséis y bufandas, pero sería bastante
incómodo, ¿no?

5. Podrían escaparse en cualquier momento
atravesando los barrotes de
su jaula... ¡¡¡y las paredes
de tu casa!!!

EL CÓDIGO SECRETO
DE NELA MORGAN PARA LOS M.A.

El código del bisabuelo es genial, pero
¿y si no tienes a mano una pared para dar
golpecitos?

<u>¡SERÍA UN DESASTRE!</u>

Por eso me he inventado un código
SUPERsecreto para usar con nuestros
Mejores Amigos (M.A.). Solo necesitas
un papel. Ah, y también tienes que saberte
bien el abecedario.

Esto es lo que hay que hacer: mueve
las letras del abecedario un lugar hacia
la derecha; así, la A se convierte en una B,
la B se convierte en una C, la C se convierte
en una D, etc. ¿A que es muy fácil?

NJ ÑPNCSF FT ÑFMB NPSHBÑ
MI NOMBRE ES NELA MORGAN

MPT ÑVHHFUT EF QPMMP TPÑ MP NFKPS
LOS NUGGETS *DE POLLO SON LO MEJOR*

MVÑB TVQFSQPQ NPMB VÑ NPÑUPÑ
LUNA SUPERPOP MOLA UN MONTÓN

¿A que es guay? Ni siquiera el señor Beicon
podrá descifrarlo...